AF466986

ÉPOPÉE.

15 DÉCEMBRE 1840.

Ciel glacé! soleil pur! oh! brille dans l'histoire
Du funèbre triomphe impérial flambeau!
Que le peuple à jamais te garde en sa mémoire,
    Jour beau comme la gloire,
    Froid comme le tombeau!

V. HUGO.

Dédiée aux Armées françaises,

PARIS.

IMPRIMERIE DE MOQUET ET Ce, RUE DE LA HARPE, 90.

1841.

Quel bruit dans cette large foule,
Il semble au Carrousel que tout Paris s'écroule,
Que le Louvre a rompu ses portiques voûtés,
C'est un torrent de voix qui déborde ; écoutez !

BARTHELEMY.

Quelle sombre clameur dans les airs répandue !
D'où naissent les transports de la foule éperdue ?
Et d'où vient qu'en son cours comme le flot dompté
Le peuple en frémissant recule avec fierté?...
C'est que sur le pavé de la ville éternelle
Roule un char apportant la dépouille immortelle ;
C'est que la France enfin, après un trop long deuil,
Peut avec liberté pleurer sur un cercueil!
C'est que l'aigle en son vol de sa noble envergure
Comme un jour de victoire a repris sa parure,
Et que de son regard perçant l'obscurité
Sur son Paris si beau plane avec majesté.

O puissance! ô malheur! ô sort inexorable!
Voilà donc ce mortel dont la voix redoutable

I

Dictait dans son ardeur nos éternelles lois,
Et qui de son regard fit pâlir tous les rois!
Le voilà près de nous après vingt ans d'absence!
Le voilà sur ce bord, sa dernière espérance,
Quand la mort, à pas lents, honteuse trahison!
Sur ce martyr vaincu distillait son poison!
Et vous, froide Cité, tortueuse rivale,
Venez, si vous l'osez, dans notre Capitale
Entendre pour le prix de votre iniquité
De ce triple cercueil sortir la vérité!
Osez de nos soldats contempler la figure!
De ces cœurs bondissans entendre le murmure!
Et comme un châtiment, ô sublime leçon!
Du soleil d'Austerlitz voir briller un rayon!!

Quand la morne frayeur, compagne de votre âme,
A Longwood enchaînait par une ruse infâme
Ce guerrier généreux, et que votre bourreau
Sous ses yeux, chaque instant, lui creusait un tombeau,
Vous pensiez, imprudens, que de cette hécatombe
Tout périrait, enfin! que le froid de la tombe
Glacerait ce cerveau par le temps respecté,
Et qu'un assassinat tuerait la liberté!

Liberté! mais ce mot qu'étouffait votre rage
Sur le rocher des temps se gravant davantage,
Un jour, dans son essor, en vos brumeux palais
Comme un rayon brûlant, lumineux à jamais,
Saura, croyez-le bien, se frayer un passage;
Et si, pour cette fois, votre douteux courage
Par le parjure encor répondait à sa voix:
Alors tremblez vous tous, nobles, princes, grands rois!
Tremblez qu'à son écho, comme la foudre altière,
Les peuples, transportés d'une juste colère,
Ne préfèrent un jour, de vos rigueurs lassés,
L'ombre de Sainte-Hélène à vos lions terrassés!

Mais laissons au destin, par qui naît toutes choses,
Le problême éternel des effets et des causes;
Et rappelant l'oubli dans ce jour de douleur
Croyons qu'à sa fortune il fallait le malheur.

Enfin tu le revois, arche démesurée,
Homérique splendeur! sous ta voute sacrée
Tu reçois ce mortel qui de sa noble main
Bâtit dans son amour, comme un trophée d'airain,

Ce mausolé géant qui passant d'âge en âge
A nos derniers enfans dira notre courage!
Et quand dans l'avenir le lézard au réveil
Sur ta frise en rampant cherchera le soleil,
Que l'herbe de nos champs sur son front magnanime
Ombragera les feux de son regard sublime,
Alors le voyageur et l'artiste, à pas lents,
Sur tes restes fameux, prosternés et rêvans,
Contempleront, surpris de ta grandeur immense,
L'aigle aiguisant son bec aux débris d'une lance,
L'abeille aux aîles d'or, en montant vers le ciel,
Aux lettres de son nom déposer son doux miel.

Et vous, nobles vieillards, compagnons du naufrage!
Vous, que la mort, hélas! lui gardait en otage!
Vous suivez, chancelans, le cœur fier mais brisé,
Celui qui décora votre sein embrâsé
Lorsque tout pleins d'ardeur sur le champ de bataille,
Vous affrontiez, heureux, l'insolente mitraille
Qui de son vol impur moissonnait en passant
Le chef au long espoir et le guerrier naissant!
C'est en vain qu'au passé ranimant votre vie
Vous défiez l'Anglais et sa jalouse envie;

C'est en vain qu'en ce jour pleins d'une douce erreur
Sous un crêpe de deuil vous cachez l'empereur!
Tout est fini pour lui, l'âme a trouvé la nue,
L'immortalité seule à son ombre est venue :
Car Dieu qui le créa de son souffle divin,
Le fit naître, briller, puis s'éteindre soudain.
Il fut de l'Éternel l'instrument éphémère!
Il apparut un jour quand de ta noble artère,
France, le sang coulait, et que las de frapper
Le couteau suspendu refusait de couper;
Il enchaîna d'un mot la révolte honteuse;
Il rangea sous la loi la liberté menteuse,
Et bientôt transporté sur le bord du vieux Nil,
Vers l'Orient vermeil tournant son front viril,
Il contempla, sourit, et de ses vœux rapides
Ranima du passé l'ombre des Pyramides.

A peine le succès d'un rêve convulsif
Enchaînait à regret son esprit attentif,
Que déjà son génie emportait vers la France
Les trésors de Memphis dérobés au silence;
Puis, comme un laboureur qui féconde la terre,
Ouvrant à notre esprit un avenir prospère,

Il voulut, ordonna que réglant son essor
Le savoir à nos cœurs déroulât son trésor :
Il combattit, chassa l'indifférence impie,
Par le juste et le vrai détrôna l'utopie,
Et le peuple adorant son tribun général
Vit éclore en son sein l'aiglon impérial.

Dix ans il attacha par sa volonté fière
La fortune à son char, et voulut pour frontière
Le monde où de sa voix, ainsi que l'ouragan,
L'écho portait le bruit du Nord au Vatican.
Qui dira son transport ? qui dira son délire ?
Lorsque chaque combat lui livrant un empire
Il pouvait, lui vainqueur, monarque, potentat,
Prendre un soldat pour roi, puis un roi pour soldat !

Quand tu comblais ses vœux, ô fortune idolâtre !
Pourquoi cette pâleur sur son beau front d'albâtre ?
Pourquoi le noir chagrin en ce cerveau profond
Trouble-t-il son regard où le ciel se confond ?
Et d'où vient que toujours sur son morne visage
Le sourire apparaît au milieu d'un nuage ?

C'est qu'il est dans la vie un pur enchantement
Aussi doux que le ciel en son rayonnement ;
C'est qu'il est pour le cœur un éternel désir
Que sa grande âme, hélas! ne peut plus contenir ;
C'est que pour ranimer sa paupière glacée
Il attend, mais en vain, que de sa main lassée
Une innocente main dans sa royale ardeur
Soutienne avec amour son sceptre et son honneur.

Longtemps cette pensée en caressant son âme
Fit briller à son cœur une brûlante flamme ;
Longtemps la douce voix d'une femme au front pur
Captiva sa raison de son regard d'azur ;
Mais grand par le savoir, riche par la conquête,
Ebloui d'un destin que jamais rien n'arrête,
L'homme oublia bientôt dans sa crédulité
Que nos jours fugitifs sont à l'éternité
Ce qu'est dans l'air, hélas! l'heure à jamais perdue,
Qui meurt en s'envolant par l'écho répandue;
Et, troublant du présent l'inépuisable attrait,
Rêva d'un avenir l'impossible bienfait.

Je tremble, hâtez-vous d'éclairer votre mère.

RACINE.

L'astre qui dans son cours vient éclairer la terre,
D'abord pur et brillant, s'élève avec mystère :
A ses feux dévorans le monde avec amour
S'épenche tendrement, heureux d'un si beau jour;
Mais par fois dans les airs un vaporeux nuage
Traverse lentement cet enivrant mirage,
Et l'ouragan bientôt, de vapeurs enfanté,
De l'astre éblouissant voile la majesté.
Alors l'éclair au loin jette sa blanche flamme,
La foudre en sa fureur épouvante notre âme,
Et suivant de ses feux le sillon indompté,
Frappe le faible ormeau par le chêne abrité ;
Ainsi le noir projet, dans son erreur étrange,
D'un horrible malheur brisa le cœur de l'ange;
Ainsi, NAPOLÉON, dans son funeste adieu,
Comme Ajax imprudent, lutta même avec Dieu.

Il força du Destin l'arrêt inexorable,
Il repoussa d'un vœu la bonté secourable,
Et, confus d'un oubli dont il souffrait, hélas!
Sous la raison d'Etat, cachant son embarras,
Il voulut que du fils la touchante prière,
Préparant aux douleurs une adorable mère,
Vint échanger soudain l'impérial manteau
Contre le désespoir, l'exil et le tombeau.

A cet arrêt cruel, victime résignée,
L'idole au noble cœur à jamais dédaignée,
Puisant dans son amour un amour surhumain,
Aux courtisans surpris montrait un front serin;
Puis, élevant la voix : « Si de la Providence »
Dit cette âme accablée au milieu du silence,
» Le dessein ordonna que pour mon noble époux
» Se rompit le saint nœud qui l'unissait à nous,
» Je consens aujourd'hui qu'une autre que moi-même,
» Sur son front jeune encor ceignant le diadême,
» Partage avec bonheur ce trône où tant de fois
» D'un hymen adoré je bénissais les lois.
» Puisse de notre Dieu la bonté tutélaire
» D'un monarque puissant faire un bien heureux père!

» Puisse pour ton bonheur, ô ma France, à jamais
» Voir régner la vertu, la concorde, et la paix ! »

Lyre aux touchans accords sois à jamais voilée !
De ce rêve incensé, ah ! ne sois pas troublée !
Que ta voix suspendue en flots harmonieux
Comme un encens divin remonte vers les cieux !

Dieu tient le cœur des rois entre ses mains puissantes.

RACINE.

À peine du desir la dévorante lave
Embrâsait la raison de ce géant esclave,
Que vers le Nord bientôt en son pressant émoi
Il portait de ses feux l'impétueuse foi ;
Mais craignant du retard l'indiscible souffrance,
Pressentant d'un refus l'ingénieuse offense,
Il voulut qu'à sa voix l'orgueilleux préjugé
Disparût à jamais par le sceptre vengé,
Car tournant son regard vers la froide Allemagne,
L'on vit dans son ardeur ce nouveau Charlemagne,
Le cœur épris d'amour, oublier, palpitant,
L'étiquette glacée au devoir irritant,
Chercher avec ivresse dans le trouble d'un ange
Cette voix qu'il rêvait, qui, mieux que la louange,
Vous tient en son pouvoir quand un mot vient un jour
Nous révéler d'un cœur l'innocence et l'amour.

Enfant pauvre et chétif, sur les bancs de l'école
J'épelais ces grands mots : Liberté! Capitole!
Et souvent je cherchais dans ma faible raison
Pourquoi l'on ranimait ce lointain horison.
Dans ce passé si beau pouvais-je donc comprendre
La grandeur de César, la vertu d'Alexandre,
Lorsque chaque matin mon esprit transporté
grandissait aux clameurs d'un ennemi dompté ?
Un jour, il m'en souvient, ce fut un jour de fête!
L'airain cent une fois a vomi la tempête,
Et bientôt dans les airs un transport de bonheur
Au souffle du printems vint mêler sa douceur.
Je vis alors pour moi de la douce paresse
S'éterniser enfin la faveur et l'ivresse ;
Et libre du soucis des sévères leçons,
Mêlant ma jeune voix aux joyeuses chansons,
L'on me vit, attentif, dans la foule ravie,
Interroger partout la curieuse envie;
Et pendant de longs jours aux portes du palais,
Suspendu, haletant, content, je bourdonnais
Le refrain qui déjà, de Paris jusqu'à Rome,
A l'adoration vouait le fils de l'homme.
Plus tard aux purs rayons d'un éclatant soleil,
Quand l'oiseau dans les airs butine à son réveil,

Que riante déjà l'éternelle nature
Donne l'ombre aux forêts, aux ruisseaux le murmure;
Paris qui sommeillait comme dort le torrent,
Mais qu'un mot voit emplir d'un flot persévérant,
Se réveilla soudain à la voix colossale
De l'hôte complaisant de notre cathédrale
Qui, courtisan toujours, prête sa grande voix
A l'ange qui sourit comme à l'âme aux abois.
Ah! qu'il fut long et beau ce grand jour où la France
D'un envoyé de Dieu saluait la naissance!
Tout souriait alors à de vastes projets;
Le ciel était serein, les ennemis muets;
Et le peuple ravi, plein d'une ardeur extrême,
Bénissait dans son cœur celui qu'au rang suprême
Le sort avait placé: lui qui, fier à son tour
Goûtait de nos transports et l'ivresse et l'amour!

Ainsi qu'au fond des bois de son chant monotone
Le vent capricieux soupire, rit ou tonne,
Ainsi le peuple altier de chaleur assoupi,
Se berçait mollement comme en un champ l'épi,
Lorsqu'au frémissement qui fit trembler la terre,
Bruit semblable au volcan dans le bouillant cratère,

La foule avec effort serrant son large flanc
Au char impérial livrait un pavé blanc ;
Puis sur l'affût cloué, de son lointain signal,
Le canon répétait, dans son souffle infernal,
Ce cri rauque et vibrant qui vient troubler l'espace,
Ou qui, rampant, cruel, doit semer sur sa trace
La douleur et la mort lorsque l'aveugle orgueil
Dans les champs de l'erreur creuse un vaste cercueil.

Que ne puis-je aujourd'hui dans ma faible mémoire
Rappeler ces instans pleins d'ivresse et de gloire!
Peut-être que, vieilli, sur plus d'un écusson
Je lirais couramment ce seul mot: *Trahison!*
Peut-être qu'endormi sous un manteau d'hermine,
Le front chauve et penché, complaisante machine,
Je pourrais reconnaître un de ces courtisans,
Aboyeurs éhontés, oublieux, malfaisans,
Qui pleuraient de bonheur au grand jour du baptême,
Et qui sur l'exilé lancèrent l'anathême!
Mais mon cœur, jeune encor, suivait avec ardeur
Le regard pénétrant du magique vainqueur :
Je croyais, innocent, dans ma vertu naïve,
Que le cri répété, que l'éternel : Qu'il vive!...

Était de tous les vœux l'encens pur et divin
Qui doit monter au ciel lorsque chaque matin
Notre âme avec ferveur a porté la prière
Vers le trône éclatant de céleste lumière ;
Je ne me doutais pas, touchante illusion !
Que l'abandon bientôt, que la corruption,
Infâme prostituée, éternelle souillure,
Qu'inspirait le démon, par un honteux murmure,
Germerait dans des cœurs dont l'appétit grossier
Nous vendit pour de l'or ainsi qu'un vil gibier.

Oh! qu'il a dû souffrir, celui dont la couronne
Brillait en chancellant sur son front qui bouillonne !
Pour contenir, hélas ! un pareil désespoir
Il avait donc d'un Dieu la force et le pouvoir
Ce cœur, vaste foyer, création immense,
Fournaise où, lumineux, le projet prend naissance;
Source pure où longtems le monde s'abreuva,
Mais qui, trop généreux, dans l'ombre souleva
La peur aux noirs projets, l'ambition hideuse
Qui, riche de ses dons, rêvait, voluptueuse,
D'un repos sans péril l'incestueux plaisir !
Maudits soient à jamais vous qui du grand martyr

Oubliant les faveurs que sa bonté dispense,
A l'avide étranger livriez sans défense
Le sol vierge encor de la patrie en deuil;
Qui, loin de redouter la tempête et l'écueil,
Saviez bien que sa voix, éloquente barrière,
Contiendrait en respect, comme l'aigle en sa serre,
Ces rois dont la valeur ne compta que du jour
Où sous les coups du sort il tombait sans retour!

Oui, malgré vos fureurs et malgré votre rage,
Malgré que dans vos rangs, monstrueux assemblage,
Des frères égarés, d'un zèle clandestin,
Livraient de nos foyers la route et le destin;
Malgré que de Moscou les flammes renaissantes
Dévoraient du Kremlin les coupoles brillantes;
Que l'hiver déchaîné, dans ses sombres horreurs
Dispersait en passant trois cent mille vainqueurs,
L'arbre, de sa beauté privé par la tempête,
Avait encore au cœur cette sève secrète
Qui, redonnant la vie à de nombreux rameaux,
Étend son ombre au loin, et, voilant les tombeaux,
Refleurit, en puisant à la source première,
Les odorans parfums que le temps régénère:

C'est ainsi qu'en vos champs nos soldats moissonnés
Renaissaient en suivant, au devoir enchaînés,
La route qui devait ajouter à sa gloire
De Lutzen et Bautzen la sanglante victoire.
Ce n'était plus alors de ces mâles guerriers,
Vétérans endurcis aux combats meurtriers,
Mais de nobles enfans qui dans l'adolescence
Volaient à ton secours, ô ma patrie! ô France!
Quand, trahie à jamais, tes ennemis nombreux
Souillaient le saint parvis de leurs pas tortueux.

Il est beau de tenter des choses inouies,
Dut-on voir par l'effet ses volontés trahies.

CORNEILLE.

Après tant de grandeur quand un jour de défaite
Vit son trône crouler de sa bâse à son faîte;
Quand, proscrit et vaincu, ce père malheureux
Se livrait, confiant, à l'Anglais orgueilleux;
Qu'entraîné par ta voix, ô sublime Détresse!
Il abandonnait tout: le monde, sa richesse!
Et que sur un rocher, captif et délaissé,
Il subissait la mort sous le joug affaissé,
Peut-être de ses pas la vigoureuse empreinte
Avait troublé les cieux de sa mortelle étreinte!
Peut-être qu'en nos champs, par le sang arrosés,
Au sillon généreux les germes déposés
Refusaient de grandir et de prendre racine
Sur un monde brisé que le soleil calcine!
Peut-être qu'aux longs cris des mères aux abois
Dont les cœurs desséchés demandaient à la fois

Prières pour les morts, pitié pour la jeunesse
Qui, folle de succès, disparaissait sans cesse
Sous le foudre tonnant qu'allumait chaque jour
Le démon des combats, redoutable vautour!
Dieu, touché de ces pleurs, se rendit favorable!
Que jettant sur nos maux un regard inéfable,
Résolut d'échanger, après tant de hauts faits,
Le glaive de César en un sceptre de paix!
Peut-être que déjà sa volonté sublime
Avait marqué l'instant où, leçon et victime,
L'univers devait voir aux prises avec le sort
Ces deux géants surpris, le génie et la mort!!
Oui, du Destin jaloux voilà bien l'artifice!
Avare et généreux, d'un aveugle caprice
Il élève ou détruit d'une invisible main,
Et quand il a versé d'un séduisant essaim
Le miel et sa douceur sur notre âme ravie,
Chaque instant voit grandir, en effeuillant la vie,
Le désenchantement: torture où le malheur,
Brisant sur notre front le rêve adulateur,
Nous conduit au néant, ainsi que dans l'espace
L'étoile aux feux tremblans brille, file et s'efface.

Ombre sainte et sacrée! ombre de l'empereur!
Sceptre qui glace encor l'ennemi de stupeur!
Fantôme palpitant dont la clarté lointaine
Eclaira notre instinct dans sa marche incertaine;
Toi qui dormis longtemps, n'entendant que le bruit
Du saule dépouillé qui tristement bruit;
Toi qui près de la source, onde silencieuse,
Craignais pour ton pays la fortune orageuse;
Enfin, réjouis-toi, car dans ton froid caveau
Le jour a pénétré plus limpide et plus beau,
Et tu vis, s'il se peut, quand rien ne le menace,
L'avide Anglais pâlir en revoyant ta face.

Ils ont ce calme plat et ce courage faux
Qui provoquent les peuples et font les échafauds.

BARTHELEMY.

L'on dit qu'en son palais Palmerston une nuit
Rêvait que du linceuil, dont nul mortel ne fuit,
Le général vaincu, l'indigne Buonaparte
Avait franchi les mers; que parcourant la carte
Il avait résolu de détrôner encor
Ces vieux rois qu'à l'aspect du drapeau tricolor
L'on voyait, impuissans, porter à leur épée
Une débile main par la sueur trempée.
L'on dit que Wellington, ce héros valeureux,
De Hudson Low ami, protecteur généreux,
Rêvait la même nuit que son casque de guerre
De son crochet doré tombait dans la poussière;
Que ses exploits, inscrits au rude parchemin,
Illisibles, semblaient tachés de sang humain:
L'on dit qu'épouvantés, ministres pleins d'adresse,
De notre ambassadeur captivant la tendresse,

Sous le prétexte faux d'une tendre amitié,
Promirent à nos vœux, sympathique pitié!
Que le corps réfroidi du sépulcre qui s'ouvre
Reverrait en passant la façade du Louvre.
De la Diplomatie au pouvoir merveilleux
S'étendit le rameau rampant, vil, captieux:
L'on voulait disait-on le bonheur de la France,
L'on fit sonner surtout le grand mot: *Alliance!*
Et pour donner enfin d'une sainte union,
L'exemple unique encor pour cette nation,
L'on vit Bertrand, Las-Case, ô magique fortune!
Dans l'Atlantique ouvrir et porter vers la dune
Le cercueil où gisaient les restes adorés
Que rendaient en tremblant ces Lords déshonorés.
Mais de haîne assouvis en quittant votre proie
Vous goûtiez en secret une infernale joie!
Vous comptiez que le temps et que le ver rongeur
Auraient de ce grand corps sondé la profondeur!
Vous pensiez que vingt ans cette tombe muette
N'offrirait à nos yeux qu'un infecte squelette,
Et pleins de ce plaisir, dans vos cœurs corrompus,
Ainsi que des vautours de cadâvres repus,
Vous osiez affronter, sans pudeur ni contrainte,
D'un regard dédaigneux la haîne mal éteinte!

Car du mépris toujours le honteux pilori
Survivra dans notre âme ainsi qu'un sombre cri,
Et pour tromper encor notre bonté sincère,
C'est en vain qu'employant l'astuce et la prière
Vous croirez effacer du stigmate brûlant
L'éternelle rougeur d'un souvenir sanglant:
Entre vous et nos cœurs trop grande est la distance!
Dieu même qui donna, dans sa juste balance,
La terre à ses enfans comme aux anges le ciel,
Ne mit dans votre instinct que la ruse et le fiel;
Et lorsque de beaux fruits et la vigne vermeille
Apportent pour les uns la chaleur sans pareille,
A l'inerte métal vous commandez en roi,
Et rongés par l'ennui, sans amour et sans foi,
Malgré qu'autour de vous la beauté langoureuse
Répand le doux parfum de son âme rêveuse,
Vous tombez sous le spleen en demandant encor
Le *porter* écumant qui ruisselle à plein bord.
Allez! que désormais votre maligne envie
Sur d'autres que sur nous s'égare en sa folie!
Vous avez pu juger si le sort sans courroux
Jettait comme au hasard son regard jusqu'à nous!
Vous avez, pâlissant de son visage austère,
Où le regret s'empreint d'un sourire éphémère,

Dieu ! sous combien d'aspects, dans ce triste retour,
Se montrent le regret, la douleur et l'amour !

DELILLE.

Aux lugubres accords de vos marches funèbres
Que notre voix mêlée anime les ténèbres !
Que de ton dernier vœu l'agonisant effort
Exaucé, dans ce jour dévoile de la mort
L'astre d'éternité qui toujours enveloppe
L'insatiable néant, redoutable cyclope,
Dont l'œil sûr et perçant comme un ardent tison
Dévore incessamment le cœur en sa prison ;

Que ton dernier regard, ô mon grand capitaine !
Sur ton peuple chéri radieux se promène !
Que ton âme éveillée erre autour du palais
Où ton front des grandeurs en supportant le faix
Se reposait, brûlant, tandis que ta pensée
Au milieu des combats, immortelle Odyssée !

Où, d'un nouveau succès promettant le butin
Ta voix pour l'avenir dictait un bulletin.
ARRÊTE!!! C'est ici que commence ton rêve !
C'est ici que l'Écho répètera sans trêve
Sous le dôme doré, temple du vrai soldat,
Ton nom qui fait pâlir l'intrigant apostat!
Tu resteras, béni, sous l'ombre tant aimée
Des drapeaux ennemis conquis par ton armée,
Et les arts accourus, déployant leur grandeur,
Bâtiront le tombeau promis à ta valeur.
Nous n'y graverons pas, enseignes inutiles,
Les sceptres, les blasons, les couronnes fragiles;
Mais les siècles futurs sur le saint Panthéon
Lisant avec respect : AU GRAND NAPOLÉON !
Comprendront que celui qui commandait à Rome
S'il ne fut pas un Dieu fut plus puissant qu'un homme.

Janvier 1841.

www.ingramcontent.com/pod-product-compliance
Ingram Content Group UK Ltd.
Pitfield, Milton Keynes, MK11 3LW, UK
UKHW020430220726
13923UKWH00005B/2153

9 782019 248970